歌集

大阪ジュリエット

橘 夏生

上西秀樹に捧ぐ

大阪ジュリエット＊目次

V

VI

橘　夏生歌集

大阪ジュリエット

I

さくら

生野（いくの）のさくら見尽さむとぞ自転車をふたり乗りして公園めぐりぬ

それゆゑにさくらはきらひ「桜坂」聴くたび泣くわれを夫（つま）はいぶかしむ

はにかんで大地にひかりが沁みこむやうな笑顔をいつもみせてくれたね

刹那にはじけてこぼれる噴水　川本くんのあの一瞬の笑顔切り裂く

公園にたこ焼き片手に缶ビール猫と親しむきみの笑顔は

公園のぶらんこに揺れて煙草すふきみがゐたこの三十年の春

煙草すつて隣のぶらんこに揺れてゐるのはいつもいつもきみだつたはず

公園のぶらんこに揺れて煙草すふもう引き返せないけふまで生きてしまつた

桜吐く無言のこゑのざわめきを聞きつつあゆむきみのゐぬ春

さくらさくら何処（いづこ）にしらほね隠したる針のやうなる雨ふりしきり

魂で抱きあつてゐたきみがわれの髪を洗はぬ八年のあひだ

公園のいちじくの樹は実をつけず　わが半身はきみだつたのに

前世に林檎の木の下で告げられてゐた生まれ変はつても添ひとげられぬと

おとぎ話

錆びついたこころの鍵をひらくため川本くんは一瞬消えた

疲れたるわれが出逢ひし路地にしてあるいは確信犯のごとき夕顔

告げたきは此の世の名残り夜も名残り製氷皿の氷が空(から)

杏町(からももちやう)の質屋にわれも行きたかり川本くんを引きとるために

われのあゆみについて来たりし夕月よ川本くんの影をうつして

戒名に「柔（にう）」といふ文字ああさうだやはらかかつたねきみのかひなは

きつとここに川本くんがゐるはずだ喫煙所かねた歌会の庭に

あまびこの高き汝（な）がこゑなつかしく行つてみようか聖橋まで

きみがゐるもうひとつの街へ空いろのあの路面電車がはこんでくれる

カラヴァッジョの虫喰ひの林檎きみのゐぬはじめての冬に向きあひにけり

菩提樹（リンデンバウム）のハーブティ飲む日常や運が悪けりや死ぬだけのこと

リストカット用のカッターを手放なせず「いつか世界中の子と友達になれる」

形見わけにセーターが欲し生きてゐるきみの匂ひがいまもするから

思ひ出はいつでもさはれる雪ふれば冷たききみの耳のぶあつさ

たしかにきみがゐたといふ証（あかし）にこのナイフで消えない消せない傷をつけて

沈黙の音がきこえる小夜ながら知らないうちにふえる階段

口癖は「ケ・セラ・セラ」あのひとはいつも手櫛ですむ髪型だつた

ジャズ喫茶「しあんくれーる」にきみはゐるおとぎ話のやうな永遠

天（そら）の蛇口がいつせいに開き雨がふるああ川本くんは濡れてゐないか

大陸（くが）駆けるドードー鳥がゐたころからずつとわたしはきみを知つてる

生野

けふもまた「恋は水色」の音にのつてわらびもち売り来たる不可思議

生野の住人の四人に一人は在日のひと
李さん一家はここにこそ住めももいろの手ぬぐひひそり干されゐる家

生野(いくの)にはもう帰れない酒屋のノブちやんがまだきみを覚えてゐるから

きみを想ひ焼酎を流しこむひとりなら洒落たワインなぞいらないわたし

かけちがへたボタンを引きちぎつただけだつたはずきみとの別れは

晩秋へ信号かはり聴きたかりきみのかすかな岸和田なまり

いつだつて川本くんに逢へるはずこころのなかにある滑走路

秋の夜や洋梨にふるる指の尖わが半生の全ページを占めるきみ

新聞がことりと落ちる月光の溜まるばかりのメールボックス

造花を抱いてさすらふわたし　りんくわくを撫でてみたくなる九月の雲です

秋の蛾の舞ふ境内に据ゑられて燦然と小(ち)さきだんじり一つ

黒砂糖かみくだく快感にあはれ口ぢゆうは浸りけるかも

ショット・グラスに薔薇さしたままどろみぬほら、川本くんがほんのそこまで

川本くんが棲む大鏡あるといふガラス問屋にわれは行きたし

大阪の八月をゆく　ああ、いま紅生姜のてんぷらにして揚げられてゐる

煙草吸はぬ夫との暮らしときをりはきみの匂ひがなつかしくもあり

終はらない瞬間がほしい白雨にうたれ川本くんを想ふときこそ

冬の陽射しを浴びてソファーに憩ふわれ瞬(またた)きの間(ま)にきみは死にたり

淋しいときは声を立てて笑ふ癖きみがゐなくなつてからの新しいくせ

きみがゐた日々は万華鏡もうわれを目隠しして驚かすひともゐない

泣きながら原

二〇一三年二月一日　命日

梅早しあの日から目を閉ぢたままウシロノショーメン川本くんか

こめかみに流れる音をききながらきみと眠りし夜もおぼろに

川本くんは人名しりとりが得意だった

夫(つま)の寝た深夜にひとり聴くラジオ眠れない夜もしりとりできず

春うらら少年川本くんとゆくシースルー・エレヴェーターはひかりのなかへ

嬰児(みどりご)の生まれたての死をおもひをりサラダに塩のひかりをかける

冬の夜あかり消し忘れたアパアトにひとり帰る日もいつか来るべし

雪の日に花びら餅を提(さ)げながら嫗(おうな)は過ぎぬ百年前のわれ

まるで世界中が赤信号のやう川本くんがゐなくなつてから

前の世に川本くんに逢つたはずいちばん星がたしかに見える

彦星に逢へぬ織姫いつまでもわがなきがらを抱きしめる

水に浮かぶ油のやうに漂ふだけわたしは天使なんかぢやない

「あ、とんぼ」ぽつり云ふきみ透明なかけらはすいととほりすぎたり

空つぽのペットボトルをたづさへて泣きながら原をひとり歩めり

雨を持つ空が泣きだすわたくしの髪も頬もみなびしよぬれです

あぢさゐが咲けば思ほゆぱりぱりと和傘をひらく油の匂ひ

スマートフォンからあくがれ出づるたましひや川本くんからメールが来ない

青い鳥

二十三階のバルコニーにて川本くんを待つわたしは大阪ジュリエット

運筆に力のありて川本くんが遺しし半紙壁に飾れり

環状線の高架下にある廃園に川本くんを見たひとがゐる

「すべてのものが吾にむかひて死ねといふ」川本くんといふ青い鳥さがさう

ディオリッシモを全身にたたくきみのゐぬひとりの夜を慈しむため

神学部の校舎の上の月が呼ぶふりむきざまに時間(とき)をとめたい

時間をとめて思ひ出とともにきみを抱くわたくしはこぼれる曼珠沙華

川本くんのゐない歌会に呆然とキルギスの誘拐結婚の花嫁の眼をして

「川本くん」と呼べばまたたくネオンかな点滅するものはみんな愛(かな)しい

『石の花』読みたるのちは死んだ子を宿したやうに冷たいあたし

シャンパンをこよひ空(あ)けむか千の夜をきみに捧げて万の夜ひとり

けふのパスタはアルデンティシモいそげいそげかがやく塩を落とす愉しさ

月あかりまとひ川本くんが帰り来る清志郎もゐる雨あがりの夜空

星座の獣にまたがつて川本くんが帰り来る秋の夢さやさや

さるすべりの緑陰あゆむふたりかなきみは永久に川本くんぢやない

II

玉　音

金魚玉に金魚ゆれをり「神の火」の踏み絵をふみし夜より幾夜

三月十六日午後四時三十分、玉音

ふたたびの「敗戦」の時　神だつたひとの子どもの声ひびきをり

マンモグラフィーの被曝量のいくばくか時経て骨となる白き花

日本橋より首都高（しゅとかう）速道路みあぐる　被爆者ゴジラ東京五輪をぶつ壊せ

かなしむやうにふる雨の秋　東京のひとはスカイツリーの話ばかりす

あやまちをくりかへさないのはだれだらう井上ひさしの眼鏡がひかる

無蓋車にびつしり積まれ父の父、母の父がゆきし戦争

戦争でたくさんのひとが死んだ夏バナナの室(むろ)にガス充満す

戦死せし祖父をもたねば八月の庭のこどもはさびしからずや

見たことがないのになつかしくおそろしい豆電球にうかぶ御真影

贅沢は敵だ素敵だ　節電の夜ぞらに敵機来たるまぼろし

灯火管制の電灯のカバーを取つたやうインフルエンザ癒え眉を描くとき

いつしんに米を研ぐときあらはるる無数の歌の断片あはれ

正義の逆は悪にあらず、別の正義　かく語りけりクレヨンしんちやんパパ

ウサマ・ビンラディンに正義はありや正義とはかくにんげんを神へと堕とす

わが九条

パンケーキより蜜がしたたる日曜日　銃後の町とはこの町なのか

反安保法・反ヘイトスピーチ

日本人てふわが属性の一部のみ取り上げらるることの不本意

死者の領あれば五月の死者つかはせよレインコートの寺山修司

柱時計の下で待てども永遠(とは)には来ぬはつ、はつ、はつ、はつ、寺山はつ

サイレンが鳴り終はつても願はくはきみのゐる天(そら)どこまでも晴れ

誰も見ぬさくらが散つて福島にきみの抜け殻もころがつてゐる

ＩＳと云ふときロの端(は)にたまる蜜と味はふテロの理(ことわり)

己れには向けず他人(ひと)には投げつける〈自己責任〉とふ滴る果実

九条死守

ジュリーの歌ふ「わが窮状」を聴きながらアカハタを売るこころをどりは

敗戦記念日の青空のした立ちつくすころび伴天連のやうな瞳で

「わたしは幸せなひとだけみてゐたい」震災孤児が云ふときしづか

III

再婚

約束も夢も未来も過去もない四十五歳の恋はゆつくり

くちづけのために幾度もたちどまる二十五年ぶりの恋はゆつくり

恋愛依存症といふ自己規定ファンデーションが今日も肌いろに襟をよごして

涙ぐむきみの睫毛にかかる虹　恋人たちは約束ばかりする

そよそよと羅（うすもの）を脱ぐそのあひだわが人生に迷ひこんできた夫

女はみんなキムタクを好きとおもつてゐる新しい夫の単純さ良し

前夫と観た「パッチギ」

ふたりで観る最後の映画とも気づかずに「あの素晴らしい愛をもう一度」

責めらるるうれしさ夢におぼろげに前(さき)の男の名呼べと言ふ　辰巳泰子『紅い花』

愛さるることにだけ敏きくちびるが前(さき)の男の名をまたも呼ぶ

ただ「ユルス」と書いて死にし『芋虫』の夫(つま)をおもへり　新夫(つま)のかたへに

ラファエル前派

放埒に酔ひて帰れば前妻の遺影の前にたたずむ夫

前妻の遺影のまへで擁（いだ）かれるジェーン・エアわれの恍惚を知れ

前妻の遺影の代はりに夫(つま)が飾るラファエル前派の絵のをんな

天王寺の少女イエスはわたしです亀のゐる池の上を歩いてゐます

透明になることがけふは怖くなくマツモトキヨシの明りを過ぎつ

わが死後もこのアパアトの一室でしづかに髭を剃らむ夫は

まだ知らぬ姑（はは）の実家の鏡台に桃の花クリームあればよからむ

爪磨く刻（とき）のゆたかさ　永遠より刹那を愛すレプリカの妻

かはるがはる嘗めあふときの綿菓子の凄き甘さをゆるしてしまふ

投票所のえんぴつは不思議と書きやすし筆圧高くひと息に書く

雨のそらに吹くシャボン玉　夭折の友にはつひに負けただらうか

１００万回生きたにんげんの佐野洋子は母をゆるしてもう生まれ変はらない

夫もその名でランドセル贈るかもしれぬ「伊達直人」雪の窓を過ぎたり

わが影を失くせし夜をさまよひぬ砂男いでよと呟きながら

童子ありましろき毬をまろばせば白猫(はくべう)二匹となりにけるかも

旅の空すなはち彼岸の空なれば健脚あはれ西行、芭蕉

落雁のうすくれなゐは零れたり秋の陽の這ふ畳かなしも

水嶋ヒロよりあはれはふかく永遠の椎名桜子「処女作執筆中」

ひと待てば塩の柱にならねども駅の柱になりにけるかも

悉皆屋（しっかいや）三代目当主秀太郎なにはの雪を舌で受けたり

喜劇

都こんぶ噛みつつおもふ夜の底森茉莉にさへ子がありしこと

百日紅枯れずある庭　森茉莉が「孫が生(あ)れれば嬉しい」と言ふ

金蒔絵の雲のたなびく空の下われをおさめし霊柩車ゆく

母よりも姑（はは）が大切　良妻にあらざるわれはマンゴー抉る

家計に関するけんか

いちまいの樋口一葉をきつちりとたたみしのちに破りし夫

夕映のはげしくあれば去年（こぞ）来たる移動動物園は大連あたり

火薬のごときはにほひて過ぎぬ自転車の匪賊の娘の束ね髪より

体中の傷あといくどもなぞりをり世界が視えてもわたしがみえない

生むことを知らぬ躰よ夫（つま）といふ錘りがなくば空に吸はるる

何せうぞくすんで一期はfarce ふたりつきりの一幕の喜劇（ファルス）

ストッキングゆつくり脱いでたどりつくきみの躰の陽の当たるところ

夫は…

樟はさみどりの城うつくしき壮年にして父にはあらず

ゆくするゐは子生(う)なむ式部の老(おい)の果(はて)　女友達と棲みたきものを

焼締めにも粉引にも飽きいまさらに器(うつは)は染付をとこは夫

ＦＡＫＥ

襟もとの琅玕の首飾り冷え冷えとＦＡＫＥとしての人妻われは

枇杷の種はきつつおもふ婚（くな）がひて人生を他人に預ける快楽（けらく）

ひとの妻かくも危ふくゆふぐれの湯船のなかに溶けはじめたり

２ＤＫの黄金（きん）の鳥籠〈旦那さまはけふもおもどりになりませんでした〉

内がはより開く鳥籠いつだつて逃亡可能な囚はれのわれ

〈専業主婦〉といふ赫き文字ふるふると鉢のなかなる蘭鋳ひかる

あはれあはれ倦怠のマダム蘭鋳はゆふべおもたきからだをおこす

訪れるひとなき家に閉ざされてココアの粉の散るゆふべかな

「パンのみに生きるにあらず」語りをり専業主婦なる高等遊民

ししむらを抜けだして風を浴びゐたり朱塗りの塔のいただきに来て

浴衣ぬぎ橘夏生も脱ぎ捨てて一瞬の快　夫(つま)のかたへに

くちづけ

水鶏(くひな)たたく朝焼の芦原さまよへば道行のやうなふたりになりぬ

切り爪をたどりてゆけば月光がブラインドごしに集まるところ

きみの背にほくろの星座みつけたり世界が終はるならこんな夜

ハイチ地震、チリ地震と続きユニセフに寄付する夫どこか弾んで

ガス管はここにてつきぬビル地下の〈立入禁止〉の暗紅のなか

産みしことなしと答へよ白昼に炎(ほむら)だちたるさざんくわの群れ

唇をさしあてしのち森閑とこぼるる桜みるふたりかな

さはつたら指紋ののこる躰ですくちづけだけは痕(あと)にならない

夏が永遠（とは）に続くのならば切りすぎた髪の分まできみを愛さう

黒髪に陽はあかあかと射しにけりアスファルトゆく日本人マノン

ふたりして生きる一生（ひとよ）や舗道（しきみち）に日傘の影を蒼く落として

「聖夫婦」なる絵もあらむわれらふたりイエス不在の春の陽のなか

〈ジュテーム・モア・ノン・プリュ〉を聴くべし背中あはせのふたりの記念日

茫野原でくちづけしよう／大丈夫。月明りなら眩しすぎない

目のまへに見えない扇がひらかれるおづおづときみが唇（くち）よせるとき

奇　蹟

ドーナツ版のジョニ・ミッチェルの洌(きよ)きこゑ　青春といふありふれた果実

天国ならどこにでもある新世界の串カツ屋の列にふたり並んで

かにかくに夫は男の子われはただ米研ぎしことなき掌を慈しむ

うつくしき手は顕はれて「小吉」のおみくじを梅の小枝に結ぶ

決して両足のあひだではない

両耳のあひだのふかき泉よりこの夜の官能は湧きいづるべし

遺品として見つけたならば泣くかもしれぬ夫の「イラン映画友の会会員証」

かたはらの夫に毛布をかけ直すありふれた朝が奇蹟のやうに

生ゴミの散乱したる朝のみち　うわあテロやわ（笑）人は過ぎゆく

しゆわしゆわとパラフィン紙ゆびに騒ぎつつ岩波文庫『紅楼夢』第二巻

「イマヘンナモノガ」ことばはよぎりつつ夫の顔の輪郭ゆらぐ
「ブレードランナー」ではふいに日本語の台詞が聞こえる

「無印良品」を愛する夫の休日のその白シャツがすずやかすぎる

キミッテソンナヒトダッタンダさらさらと無洗米のやうな男さびしも

初音ミク聴きつつうごく夫(つま)のゆび折り鶴を一枚の紙にかへす

刈り立ての麦はするどくにほふべしさやさやとSexless中毒の夏

ふたり

「赤い殺意」

炎昼に夫（つま）が詰（なじ）れば目を醒ますわたしのなかの〈春川ますみ〉

護られるしあはせ護られてゐるふしあはせそしてわが家（や）には多すぎる扉（ドア）

うつくしき生前戒名ほしいわれ前妻とおなじ墓に入るなら

ふたりからひとりひとりに戻るとき塩スゥィーツのやうな甘さや

グラス・フィッシュとともにおくりしいちにちはため息ひとつあくびがふたつ

ベッドからひとり身を抜き呟きぬ　まだ淋しさを捨てたくはない

たまきはるリストカッティングも日常にまぎれて久し素麵すする

今宵また薬物過剰摂取（オーバードース）　目が合へりカサブランカの巨（おほ）きな貌と

幻の馬の名前か冴えわたる眼に征けハルシオン二粒の夢

夫（つま）を待つただそれだけに疲れ果つキッチンに玉ねぎ腐りてゆかむ

晩春（おそはる）のうたたねにしては深きかな犬のごとくに夫は唸る

口縄坂のぼりつめればびいどろの空が待つてゐるやうな夏の日

妊りしいもうとが日傘のした歩むほしいままなる生命(いのち)あるかな

メランコリーを飼ひならす術(すべ)われ知らずまたもひたらむ青ばらの湯に

寡婦われはゆめに檸檬を売りながら雨ふりしきるアッサムをゆく

ザラメ

短歌にはかかはりのなき夫（つま）が読む永田和宏『タンパク質の一生』

やはらかに笑へる空気のみ残る手話をあやつるひとびと過ぎて

アルバムより母の写真を抜きとりぬ裏書きのインクは青あざのいろ

春泥にズック差し入れおづおづと生きてゐることをたしかめてみる

蕁草のベッドで母をおもひをり人形のみる夢のやうに冷たい

みそかごと多き母なり八掛がつねまつ赤なることなぞおもふ

いちじくの実のくれなゐを頬ばつて母は今宵も着崩れてをり

孤独といふ名の仔犬と路地ゆけば夜のうへには夜がふりつむ

珍しく夫が留守番

あたらしき秋かぜのなか帰りきて36℃のぬくもりに触（ふ）る

わが母が夫（つま）を呼ぶこゑ華やぎてザラメのやうな甘さとおもふ

このささやかな幸せを守るのが安全保障関連法なのか？

レイトショー観てあふぐ月あなたとは一緒に帰れる家がありけり

出社まへ何度も何度も手を振りしきみは必ずこの家に帰る

別れぎは何度も何度も振り返り別々の家に帰りしこともあり

決して交はらぬ空と海いくら抱きあつてもひとつにはなれない

きみはきみわたしはわたしいつかひとつになる瞬間をずつと待つてゐる

紅絹(もみ)に滲むかなしみあればいますこし夫とともに生きてゆから

Ⅳ

歳月

夏柑に爪たててをり　わたくしのたぶん産まない生おもひつつ

「妊娠線なき躰を誇りなさい臍にピアスなぞを飾つて」

「オール・アバウト・マイ・マザー」を観て泣きたりき　産まないわれも母(マザー)のひとり

子をなさぬをとこのゆびのいとほしさ線香花火おちる刹那の

種(しゅ)をのこすための遺伝子をうたがひぬミントの鉢にみづ遣りながら

歳月はやや淋しくて羞しくてのつぺらぼうの母に遇ひたり

父を抱くやうにピアノを弾いてゐるとある日曜の母を憎みぬ

夏は来ぬヘチマコロンのにほひする母のころのみ明るい夏が

父がゐていもうとがゐて母が笑ふただそれだけのポラロイドの夏

母からの電話に出ぬはマニキュアが乾いてゐない、それだけのこと

靴紐を何度も結びなほす朝　負ケテモイイとは母は教へず

朱泥の急須わつてしまへり赦サレルアヤマチアルとは母は教へず

「イグアナの娘」のわれに恋ヲスル日ガ来タルとは母は教へず

それはもう二十年も前

お子様ランチにソ連の旗が立つてゐたごく平凡なあのレストラン

ゆふやけの海が母より懐かしい大人になつた蛭子、わたくし

われを撲ちし母の手が巻く太巻の甘き酢の香を憎みはじめき

働いてゐる母をおもひてひるまからひとりつきりで空(あ)けるグラッパ

封印の解ける日はもう来なくていい　世界のどこかで母が泣いてゐる

青びろーど

母とともに数歩あゆみてうとましき肌にまつはる葉月の大気

歳月が経ても縮まぬ距離がありあかねさす日傘のなかなる母や

レコード針ぷつりぷつりと飛ぶやうにわたしを生んだひとと語らふ

亡き父をおもへば何よりひなびたる日東紅茶の紙パックの匂ひ

祖父が歯をみがく音色のさらさらと夜明けのゆめのスモカ歯磨き

母は泣く「*あゝ麗はしき距離（ディスタンス）」あなたのすべてをお返しします

＊吉田一穂

憂鬱を受け入れるため花を煎る青びろーどの夜の訪れに

8ミリに映りしわれは泣いてをり鈴カステラを頬ばりながら

肩ぐるまされて泣きつつわれは見き　ちんどんやさんは死んでゆくの？

割箸のにほひ嗅ぐ癖まだ抜けぬいもうとゆゑに恋しかりける

憧れはいつも簡単に手に入る新高（にひたか）ドロップのハクカさびしも

雲の名前

野いばらがけんかしてゐるいらいらと「女性器切除」といふ文化について

枇杷を剝くおゆびほのかになまぐさくはつなつはすこし〈命〉が怖い

そのほかに居場所をもたぬしあはせありうさぎ係りはうさぎとなかよし

姉が貼りしポスターはデビッド・ハミルトン少女を噛めば蜜があふるる

とほき日の叔母の腋毛や古本の「100万人のよる」の夜更けに

クエン酸シルデナフィルの箱が立つ厳かなりし義父の机は

姑(はは)の名の母韻やさしもはるばると肥えはじめたる月をみつめる

死ぬまでは父と娘やゆるされて雲の名前を数へあひたり

はくれんのひとつ落ちたる径をゆくかの日の母の手袋ならむ

浴衣の母のめぐりにざわと咲きたりしのうぜんかづらの橙(だいだい)みだら

まづ犬がそして犬小屋さいごには母屋もひとも消えてゆきたり

わが肌に羅（うすもの）ごしにふれながら月よ母の手のやうにつめたく

肉体のしめりのかたちくきやかに夏のたたみにシャツ脱がれあり

おほひなる氷切りつつゐるをとこ母殺しのごと腕（かひな）は震ふ

梨の実

ウイルスがひろがつてゐるといふニュース　山口百恵の種痘の痕(あと)や

蓖麻子油(ひましゆ)のにほひ漂ふ部屋に「キイハンター」をこつそりと観し

幾人もゐる夢の母サウナ風呂に私を囲むその汗の肌

花疲れせし身はうつすらと汗をかく母を許せぬわたしを宥す

「お母さん」と亡きがらにこそ呼べ時計屋の針いつせいにかがやく五月

「あんたがいつ野垂れ死んでもうちは知らんで」簡潔に母は言ひたり

梨の実のいだけるみづや臨終の子規のまくらべにわれのテーブルに

蠅帳のあをく覆へる卓のうへ鯨ベーコンは父が残しき

つけひげはさくらはなびら「フジカラー千年フィルム」に春の父居り

やるせない春風　はるのきみのこゑ　血を濯ぐごと皿洗ひをり

ぷりぷりと腕（かひな）をみせる漆間安良（ウルマヤスラ）鏡のまへでめりやすを脱ぐ

花畑に蝶を追ひつつまぎれゆく恋猫なれば保名（やすな）のごとし

夕顔

菜の花の畑のむかう父が呼ぶ微熱の朝の夢のさめぎは

狐百合（グロリオサ）この世の果てに咲くからにわれと父とは眺めてゐたり

テレヴィには「ヤコペッティの大残酷」昭和なかばの一家団欒

キムコにもジャイアント・キムコありていま思ふ昭和のすゑは偉大なるかも

「ゲバゲバ90分」のことなぞをしばしば思ひ出づ前田武彦なかんづくあはれ

学名は〈美しき夜（カラロニテイオン）〉夕顔にもつとも遠き母娘（おやこ）なりけり

深酒になだれて或る夜　むらさきのむらぎもふかく母を抱きをり

あかつきに新湯（さらゆ）に入りし鋭（と）き痛み忘れむとして萩を手折りつ

「陽のあたる場所」

モンティもリズも死にたりアメリカの明るすぎる陽にあたりつづけて

『陽のあたる坂道』

裕次郎は忘れず石坂洋次郎われら忘るるいさぎよきまで

阿倍野墓地、春彼岸前

石鳥居の奥なる墓にすすむとき淡雪ふれる足袋のつまさき

キャンドル・スタンドぴかぴかに磨きあげてつぶやけり「羅馬に行きしことある人は」

サリーちゃん

ぼたん雪そびらにうけて八房とふたたび契る伏姫われは

白梅を見たいからだはなやましく朱き鳥居をくぐりてゐたり

桜の森にふたりの影が消えてゆく　はやくたがひを見失ふため

さくら花びらいつせいに散るゆふべかな江戸八百八町に骨が舞ひたり

夏の夜　半裸のサルヴァドール・ダリ氏の髭はきりきり得意気なりき

女子高校生（JK）のナマ足が素足だつたころグッピーの尾びれすこやかなりし

鍵穴が消えたから家に帰れませんさくらが咲くといつもさうです

いま目覚めたわたしがクローンでないことは証明できず卯の花腐し

まつげのエクステションとれないうちは死にたくない梔子かをる径をゆきつつ

死んではゐないけれどもう生きてゐません　それは綺麗なはがきがとどく

ＬＥＤのあかりほのかにつめたくて眠れる猫のまぶたに触れる

さよならにさよならをして　出口のないトンネルの向かうで花火があがる

短夜やもはや惹かれず壮年の男となりしウアルカイシに

消せない疵なら隠さない　いま雨に触れようとして脱いだてぶくろ

つひに実家と絶縁す

うしなつたものはないはず永遠にサリーちゃんの筆箱のなかのいもうと

V

太陽

小（ち）さき沓もみの小枝に揺れてをり纏足の姫いづこへ消えし

加藤和彦死にたればおもふ完璧な生、完璧な死といふものはある

小銭入れが膨らんで困ると云ひながら一円玉を夫は捨てず

ブラウスを着ずにすごしし春いくつ中原淳一の少女おもへば

「狛犬一個ここに眠る」とふ立札に冬の陽のふる廃れし神社

ふかぶかと闇のにほひを嗅いでゐる縄文びとでありしわたくし

ウォッカを喇叭飲みしてデンデラ野ゆく老婆はたしかにわたくし

ぶつかけうどんに汗たらしつつTV見る新韓流スター姜尚中あはれ

昭和といふ昨日(きのふ)がわたしを呼んでゐる大西ユカリと愛の新世界

太陽に犯された日々　清張の昭和はＧＨＱの匂ひ

キッチンにこの朝われは機能せりプジョーの胡椒挽きをはげしくまはす

幼なわれ飽かず見てをり地球儀のチチカカ湖、チチカカコ、チチ（父）ハハ（母）コ（子）

カラオケ・ボックスにいまゐるはずの母おやをおもへば美空ひばり（ひばり）の眉の入れ墨

ドッペルゲンガーがけふもどこかで死んでゐるあるいは東電ＯＬのやうに

遺書

つきのひかりを踏みつつ来たる碧眼のきみはいつから猫になりしや

晴れた日には朝鮮半島が見えるといふ霧ふかき窓に額（ひたひ）寄せたり

ｉＰＳのゆびをそよがす　夏まひる芭蕉が行きしみちのかたへに

夕光りあふるるなかをけだるしと団十郎てふ朝顔閉ぢぬ

たつたひとりで降りていかなきや死んぢやうよどこまでもつづく螺旋階段

もう燃やす二千円札はなくなつたのにオスプレイは帰つてくれない

ああシーツを取り込まなくちや　ポケットティッシュを配り終はらない夢からさめて

ワイシャツにすべる午後の陽ほほゑんでゐてもきみはさびしい塔でした

サーカスが来たとラジオは言つたのに広場にはただ星のふるおと

世界はきのふ滅んだはずでこの机は死んだわたしが見てゐる夢

蜜のやうな悪夢が詰まつてゐればいい　点滴の針が腕にちかづく

冷凍庫の隅のタッパーを開けてみるサヨナラを再解凍するため

岩塩挽きでがりがりきみを挽いたならこぼれてきたのはやっぱり、塩

アンドロメダ星雲から手紙が届くもう書きかけの遺書はいらない

けふ最初のキレイなさよなら黄金の輪つかが朝の紅茶にうかぶ

固くなつたフランスパンをかじるとき涙を流したまぶたがきらひ

子猫ときみにつけられた生傷がすごく剝がしたいかさぶたになつた

ともだちの家のほのぐらい踊り場がうらやましかつた少しこはくて

花の下いまならすべて話せます花散ればもとのわたしに戻ります

さくらならいちばんさきに散つてみたい誰も踏まない夜明けの土に

造花のはなの散らぬかなしさ谷崎が去りて九十年　花の東京

電信文にくらきはなびら散るごとしゾルゲの遊ぶ上海の春

さくらの下で『狂風記』読むジャイアント馬場の背(せな)にも花ぞふりける

黒真珠

入院中の母がiPodで聴いてゐる♫もう飛ぶまいぞこの蝶々♫

寝姿はたわいないほどちいさくて白鯨(モビイ・ディック)の母も老いたり

夏至の夜に窓をあければほととほと象のにほひの闇がちかづく

顔見世や鼻をくすぐる鰊蕎麦の湯気のむかうに亡き祖父がゐる

昼のテレヴィにわれは観てをり皇后の面相筆のやうな御姿

花ひとつ琴柱に飾りて夫(つま)を待つある夜の若き祖母をおもふも

レントゲンに撮られし骨はなまめきてわれを支へる闇をおもへり

「もう泣いてもいいんだよ」やうやくに飴いろの空がわたしを宥す

はつ秋の陽の肌ざはりひんやりとサラブレッドの毛並みのひかり

ひとひらの花弁を夫(つま)は怖れをり黒猫(シャノワール)といふ黒きダリアの

上野駅はきらひと言ひし友のこゑ寺山修司に似しアクセント

わかれぎは何か言ひさすくちびるの　ゆきむし　ああ雪が降つてくるんだ

逃亡を図れよ冬の日溜りのわが飼ひ猫のペペ・ル・モコこそ

しのびよるこひはくせもの馴れすぎた糯子のごとくにわたしをつつむ

酸性雨ビルの屋上にふりそそぎ今宵降りくる天使きんいろ

ものうげな春のあかんべ　ベランダに色とりどりの布団ほされて

黒真珠くびにおもたし晩年の葛原妙子をおもひゐるとき

少女

オートバイ乗り捨ててゆく花よりも花のごとしも金森光太

オートバイを真紅の薔薇で埋めたりしアンドレ・ピエール・ド・マンディアルグ

襟たかき花はわたしを明るくす贋もののガレにカラーを挿して

音もなく月がのぼればみほとけの膝のもとにて散る花馬酔木

食卓に置かれし馬の纖き纖き玻璃の脚にも春の陽とどく

裸電球しばしば消えるアパートの木の階段の光沢(つや)のおもひで

濡れそぼつわれをさらにドラマチックに演出したし藤棚の下

コンビニエンス・ストアにゆくのはまはりみち　花合歓ねむる径をゆかうよ

アーク燈の光（かげ）のもとにて集ひこし蛾の腹を見む森岡貞香の

一輪の芍薬の花と目が合ひぬほどけたる頬は母をおもはす

ぼた雪が朝の水面にふりしきるバナナ歯磨きいちご歯磨き

バルテュスのしつらへしまま生きてこしド・ローラ節子　墨が匂へる

あはれさ、し、す、せ、さううつの鬱にしてドラえもんの表記あやふや

わたしがわたしでなくなるほど泳いだ日　紺の水着からしたたるしづく

紺の水着を絞るあひだに少女期のわたしはわたしに置いていかれる

姉がゐた少女期ありぬピアノ弾くわが身代はりの姉(あね)さま安寿

水死者

夢路いとしは菱川善夫に、喜味こいしは塚本邦雄に似てゐる

「細君」なる言葉を知りしはじまりはいとこい師匠の漫才よりか

塚本邦雄は流行歌（はやりうた）が好きだつた「人形の家」「また逢ふ日まで」

早口の関西なまりでうたひたる笠置シズ子の「セロハン娘」

水玉のドレスに黒いパラソルで……われの視界につね母がゐる

若き日に母が父にあてた手紙(ふみ)青いインクでちひさく「小夜奈良」

やはらかに風鈴なりぬ母恋ひの永井陽子が羨（とも）しかりけり

黄西瓜の種ふつふつとはきながらわれ晶（すず）やかに孕（みつ）ることなし

夏空に黒きいちじく太りをり明日（あした）生まれる子に花束を

わたつみのいろこの宮ゆ光(かげ)させば水死者さへもうつくしからむ

大理石の受皿は墓のごとく冷ゆ郵便局時間外窓口の夜に

テルミンをあやつる友の織き手は同性なれば見れば鎮まらず

端正をはみだすところに極まる美　セルフ・プロデューサー「タマラ・ド・レンピッカ」

そして誰もが彼女を忘れた

みづからの絵の模写にただふけりつつレンピッカのながき晩年

愛すべき母

母というものは要するに一人の不完全な女のことなんだ　よしながふみ

母の胎内（はら）よりとほく逃がれ来し朝ああああからすの鳴きごゑ母音

みづうみを背にわたくしを抱いてゐるほほゑみの母うすずみの母

一滴の塩みづとしてなみだこぼれたり留守番電話に聞く母のこゑ

薄墨のかな文字のやうな立ち姿　生絹(すずし)の着物のあの日の母か

鶴の肉くらふごとくにわれを喰ひし母なればわれも鶴をくらふか

ラヴェルの冷たい音を響かせて連弾の母娘うつくしきかな

きゃりーぱみゅぱみゅをさがす百年後えいゐんに月は東にすばるは西に

かたつぶり舞へ舞へ舞はねば閉ぢこめてアラビア文字の詩にしてやらう

母ひとり棲む一室の傘立てにビニール傘ビニール傘白い花束

ジャムのびんのふたのやうにこはばつてゐた母なるひとの前に立つとき

会はなくなつてしまつたひとの懐かしさウテナお子さまクリームにほふ妹

真珠母のわが性はときにかたぶけり硬き乳房の母を抱きたし

川本くんと観た「鬼平犯科帳」

いそぎばたらきを諫める丹波哲郎（たんば）衰へず老いびとなれど声に張りあり

「思ひあがるな、女！」の鬼平の一喝にフェミニストわれは痺れてはならず

母系

天気図の等圧線がうつくしい　小中英之読む冬の朝

おほちちになんの悲しみやありにけむ桃見にひとりカストリ提げて

ゆふべ妹のことを思ひ出した

こころのなかにくるみ一個ぶんくらゐのかなしみがまたこちんと動く

アラザンのひかりがにじむ夜の秋ケーキが残れば妹のもの

ほら、アーンしてごらん　母が手をのばす　わたしの心臓を握りつぶすため

働きしことなきこの手　まぼろしの死にぎはの母の胸　抱かねば

『氷点』を愛読せしといふころの母よつややかな三つ編み垂らし

マンモスのやうにゆつくりまへをゆく母が足もとより透けてゆきたり

母のためのモルグをつくらう　カラメルが焦がし砂糖になつてしまふから

ずるずると母が二階へ戻つてゆくわれのたましひを咀嚼しながら

こころのいちばん奥にしまひこんだ母といふ容器を開けるのがこはい

母を語るため母といふ器（うつは）に手を突つ込む　ずるずる、ずるずる、怖い、怖いよ

緋色のアルバムひらきたるとき若き日の母は平凡に美しかりし

なつかしくまたうとましき〈血族〉や祖父の部屋にて鉄瓶たぎる

「ストレスの原因はお母さんの存在です」とT医師

母の顔つぎにみるのは死顔にせよと主治医は云ひぬパキラのかたへ

「お母さんは良いひとでしたか」「さうですね最後のニホンオホカミだから」

産むことをつひに拒みしわたくしに〈母系〉なることは朝の木枯し

秋の霧胸いつぱいに吸ひながら　お母さん、もう死んでもいいですか

ベビーカー葉桜の奥に消えてゆく殺すより怖い産むといふこと

春にして君を離れ

二〇〇〇年四月十日　仙波龍英急逝

PARCO三基ゆふあかねに染まるまでかくれんばうの鬼は三月兎

ビルヂングに足跡ひとつ鬼のまま姿を消した三月兎

一年後　仙波さんの命日

よこがほがさびしすぎたからきみのゐぬはるのさくらよゴージャスに散れ

わがゆける路地はここにて突き当たりちんどん屋通信社東西屋

ああ久世（くぜ）光彦さんはもうゐないのねＣＤの「海ゆかば」聴く春のゆふぐれ

そのかみにサラブレッドありその細き足折りて君と眠りしことも

若きらが「嫁（女偏に家）」と云ふときぢりぢりと染めたる髪の匂ひがしたり

蜃気楼の中の一つ家（や）われわれはふたりよりそひひとりのふたり

ダンボールよりサンリオＳＦ文庫全巻があらはれいづる春のさきぶれ

ボーナスの半分はユニセフへと言ふ夫(つま)に従ふはこころつつましきゆゑにはあらず

それぞれの孤独もちあひ今宵またしたたかにびわ酒のみかはさうよ

コンビニのまへにしやがみこむ少女らの魂までも透けてゐる四肢

わたくしは魚葬を希むやはらかい肉より順に食べられたくて

肢もとにともるペディキュア　最下級貴族のやうに街を歩かう

ツナおにぎりのセロファンがうまく剝がせないきみのてのひらにただよふ海

うたかたの日々、日々の泡　わたくしが透明な鰐を飼つてゐたころ

人工ダイヤの乱反射率を覚えませう終はらない夏休みが終はるまで

あの影は高瀬一誌かゆつくりと白木蓮(もくれん)灯(たう)をくぐりゆきたり

わが書架に須賀敦子ばかりふえる冬　白い息とはここではくもの

皮膚の下に薔薇の芽吹けばその花は静脈いろの青に咲くべし

にぬきの黄身に口汚しつつ永遠にタチバナナナツオはわたくしひとり

Ⅵ

魂のシルエット
——川本浩美追悼

国会議事堂では今でもゴジラが咆哮してゐるのだらうか。サーチライトをあびて吼え狂ふあの哀しげな怪獣こそ、私には都市のうつくしい魂のやうにおもはれる〈滅びと喪失の時間の中で流れ去つていつた〉都市の魂の影（シルエット）……。
遠く夜行バスからはじめて東京の姿を目にした時、まさに記憶の中の銀幕に浮かぶセルロイドの〈東京（まぼろし）〉そのままであることに驚いたものだ。
闇に沈む平野のなかに、突然出現した電飾のパラダイス。コンクリート、アスファルト、ガラス、イルミネーション——人の手による幻はなぜあれほど、はかなく美しいのか。

暗闇の中に浮かぶひとつの灯（ひ）を見つけたら、月の光でも星の光でもない、ネオンサイン、都市の無数のネオンサインだ。人を河を樹をビルディングを、花やかな盲目の蛍のやうにいろどるネオンサインは、極彩色の熱帯魚の斑（はだら）のごとく、幾つもの果たせなかつた夢のやうに、いつまでもいつまでも私を誘つてゆく。

ちやうどはるかな夜の海で、夜毎、老いたる怪獣を訪れた甘やかな夢の灯（ともしび）のやうに……。

都市は、だから、私にとつて彼にとつて、とほい、〈夢見る約束〉そのものなのだ。

鋼鉄に装はれ、無数の光を従へる、儚い、淋しい、きれいな生命（いのち）、もろもろの死せる綺羅星のあひだを漂ふ、夢まみれのおまへ——都市よ、街の形象（かたち）をしたまぼろしの生きもの、いつかまた会へるといふ約束に似た花火——さやうなら、都市よ、ゴジラよ。

所詮、私はおまへを忘れられない。

あとがき

はやいもので、第一歌集『天然の美』を出版して以来、二十五年近くの日々が過ぎていった。

その間に、高瀬一誌さん、小中英之さん、仙波龍英さん、永井陽子さん、多久麻さん、橘圀臣さん、青柳守音さんを初め多くの、尊敬しお世話になった「短歌人」の大先輩を亡くした。その恩返しの意味も込めて、この第二歌集『大阪ジュリエット』を出版した。

また、長年のパートナーだった川本浩美が三年前に急逝して以来、ウツになり泣きながら名前を呼んで目覚めたり、食欲を亡くして七キロも痩せた。

さいわい理解ある優しい夫に支えられ、大部眠れるようになり、体重も元に戻りつつある。しかし、クリニック通いは現在も続いている。

私の普段の歌をご存知の少数の人々には、この『大阪ジュリエット』に、普段の耽美でデカダンな歌が少ないことを不思議に思われる方もいよう。でも、現在の私が一等詠みたかったのは、川本浩美の挽歌であり、もうひとつは、いま流行りの言葉で云うと、いわゆる「毒母」の支配下から逃げ出すことだった。その望みは幾分かかなったと思っている。改めて励まし続けてくれた夫の存在にはただただ感謝の気持ちしかない。この歌集は夫がいなかったら世に出ないものだった。ありがとう。

「ありがとう」を言いたい人々は沢山いる。第一歌集『天然の美』以来、ずっと第二歌集出版を勧めてくださった藤原龍一郎さん、高瀬さん亡きあと、お世話になりっぱなしの三井ゆきさん、折にふれ気にかけてくださる、川本浩美ともども尊敬している酒井佑子さん、池田由美子さんを初め「短歌人」の仲間たち、いつも迷惑ばかりかけているのに、歌集出版を応援してくださった斎藤典子さん、川島眸さんを含めた「関西短歌人会」の皆さま、まだまだ感謝したい人々が沢山いらっしゃるが、誌面が尽きた。
私のような無名歌人の歌集に栞を書いてくださった水原紫苑さんに感謝いたしております。ここでもまた藤原龍一郎さんのお世話になった。
また、この歌集は青磁社の永田淳さんの、ありあまるご協力がなかったら完成しなかった。川本浩美遺歌集『起伏と遠景』に続き、お世話になった。ありがとうございます。
二、三年後には、本来の橘夏生の歌、キラキラして美しくペダンチックな歌を中心にした、第三歌集を出版したいと思っている。
その日まで、今、この歌集を手にとってくださった方々に感謝いたします。再見。

平成二十八年五月

橘　夏生

著者略歴

橘　夏生（たちばな・なつお）

二月十六日生まれ、水瓶座・A型。
旧名、山中晴代　大阪市出身。
一九七九年、寺山修司の勧めで作歌を始める。
一九八二年、「現代百人一首塚本邦雄賞」受賞。
一九八六年、「短歌人」入会。
一九九二年、第一歌集『天然の美』出版。
一九九六年、「短歌人賞」「評論エッセイ賞」受賞。

歌集　大阪ジュリエット

初版発行日　二〇一六年七月十五日

著　者　橘　夏生
大阪市阿倍野区阿倍野筋一－七－二〇－二三〇七（〒五四五－〇〇五二）

定　価　二五〇〇円
発行者　永田　淳
発行所　青磁社
京都市北区上賀茂豊田町四〇－一（〒六〇三－八〇四五）
電話　〇七五－七〇五－二八三八
振替　〇〇九四〇－二－一二四二二四
http://www3.osk.3web.ne.jp/~seijisya/
装　幀　濱崎実幸
印刷・製本　創栄図書印刷

ISBN978-4-86198-346-7 C0092 ¥2500E